최 기 종　제1시집

어머니와 인절미

등록금 마련하기 어려운 살림 차지게 치댄 사랑으로 인절미를 만들어 바닷가에 나가 꿈을 파는 어머니… 나 어느덧 중년의 대학 교수가 되어 햇살 고즈넉한 송지호 해수욕장에 다시 서니, 그 해 여름 뜨거운 모래 위를 누비던 어머니 종종걸음이 눈물 속에 되살아납니다.

경덕출판사

어머니와 인절미

내 고향 인정리

　매년 농한기에 개최되던 죽왕면 체육대회에 마을 사람들 성화에 못 이겨 배구선수로 출전했었다. 평소 갈고 닦은 기량과 팬들의 열띤 응원 속에 우리 팀은 예선과 준결승을 가볍게 통과해 결승에 진출했다.

　운명이 걸린 6인조 배구, 5명이 합심해서 공을 네트 앞에 올려주면, 나는 재빠르게 점프해서 상대편의 허점이 있는 곳에 사정없이 공격을 가했다. 무방비 상태의 상대편 선수들은 포효하는 사자 앞에 손 쓸 겨를도 없이 그만 정신을 잃고 그 자리에 주저앉고 만다.

　천신만고 끝에 승리를 거둔 인정리 팀, 선수와 주민들은 서로 얼싸안고 환호성을 지르며 우승컵에 막걸리를 가득 부어 마시면서 마을 회관이 떠나가도록 밤새 신명나게 놀았다.

　내가 태어나고 자란 강원도 고성의 인정리. 우리 팀의 우승은 작은 마을의 자존심을 세우는 일이자 모두에게 큰 기쁨이었다. 그랬다. 그렇게 소중했던 시절이 어제와 같은데 어느새 30년 세월이 훌쩍 지나버렸다.

고향의 수려한 산세를 돌아보며 곰곰이 생각해보니 어린 시절의 기억 하나하나가 바로 詩의 산실이 된 셈이다. 산으로, 송지호수로, 혹은 바다로 쏘다니며 놀던 지난 추억을 되새기며 습작하던 시간 덕분에 詩를 만나게 되었고, 고향을 그리는 시인이 되었으니 말이다. 참으로 감사할 일이다.

강원의 청정 푸른 숨결을 마시고 예까지 자라났으니, 이제는 힘 다해 정겨운 글을 지어 고향에 선물로 내려놓아야 하리라.

고향을 가슴으로 찬미하며 엮은 이 책을, 하늘계신 그리운 어머니와 시인으로 다시 태어나게 한 아름다운 강원도 내 고향에 바친다.

2009년 7월
최기종

황금찬 / 시인

최기종 시인이 한 권의 시집을 묶어 새 하늘과 새 땅에서 새 호흡을 시작하는 신비한 생명체를 창조했다. 라이너 마리아 릴케가『두이노의 비가』를 엮을 때 구름에 날린 한 마디의 말, 하늘 문이 열리며 들려온 신비 속의 한 마디, 시인은 그 말을 구름에 담아본다.

詩는 꽃과 구름과 신비를 마시며 사는 신비한 생명체이다. 누구나 詩의 신비한 생명체의 맛을 알게 되면 그 길을 버릴 수가 없다.

최기종 시인은 사회적으로 부러울 것이 없다. 박사이며 교수이다. 사회적으로 많은 사람들로부터 존경을 받고 있다. 하지만 최기종 교수는 시인의 꿈을 버리지 않았다. 최기종 시인은 월간『문학세계』를 통해 등단했다. 이제는 詩의 붓을 천하에 휘둘러도 거칠 것이 없으리라.

칼슈피텔러는 세계 1차 전쟁 때 스위스의 유명한 시인이다. 전쟁이 끝나고 독일계와 프랑스계가 흩어질 운명에 놓여 있었다. 그때 독일계 시인 칼슈피텔러가 하나로 뭉치자는 詩를 써 위기에 놓인 국민들을 하나로 뭉치게 했다. 그렇게 그는 1919년 노벨문학상을 받았다. 이처럼 시인은 神의 마음을 가질 수 있고 神의 몸짓을 누릴 수 있다.

이번 최기종 시인이 상재하는 시집 이름은 『어머니와 인절미』로 했다. 그 시집 제목에서 고향과 어머니를 찾은 것 같다. 고향은 어머니 마음 안에 있고 어머니는 고향 구름 안에 사신다. 시인이 어머니를 부르면 어머니는 고향이 되어 대답한다.

갯빛 영토 물들이던 봄
양지바른 돌담 사이
까르륵 참견하던 너

–『민들레』 중에서

시제(詩題)를 민들레로 하고, 구성을 3연으로 틀을 메웠다. 여기 보인 것은 그 중 세 번째 연이다. 이백이 왕소군을 노래한 것은 사랑했기 때문이요, 김광균의 향수는 40년대 민족을 사랑했기 때문이듯 최기종 시인이 민들레를 노래한 것은 고향과 이웃을 못 잊기 때문이다.

이 시집은 이처럼 아련한 향수와 그리움의 정서로 독자들에게 크나큰 감동을 준다. 이 시집에 담긴 작품들이 아침 태양이 뜨는 의미와 같은 날개를 가지리라 믿는다.

최기종 시인의 가슴 따뜻한 사랑법!

최기종 시인의 첫 시집이 탄생되었다. 이 책에는 어머니의 희생을 바탕으로 성공한 작가의 따뜻한 마음이 스며있다. 곧은 정신으로 그려낸 작품을 통해 작가는 어려운 시대를 살아가는 우리에게 희망을 전달하고자 서슴없이 힘 있는 손을 내민다. 최기종 시인은 시의 순수함을 통해 잔잔한 감동을 얻게 하고 거친 마음을 스스로 다스리게 하는 생각의 연금술사이다. 그의 시를 찬찬히 감상하다 보면, 훈훈한 인정 속에서 보통의 사람으로 살아가는 풍류시인을 만나게 되고, 전해지는 간결한 언어를 통해, 가슴 뭉클함을 경험하게 될 것이다.

제1시집 「어머니와 인절미」는 메마른 현대인의 가슴에 불을 지피는 도화선이다. 순박한 사람들이 사는 강원도 인정리의 풍광을 노래하며 진즉 떠나온 고향을 그리워하는 시인의 청정한 감성을 따르다 보면 누구인들 마음 따뜻한 사람이 되지 않겠는가? 어머니 사랑으로 뜨겁게 떡쌀을 쪄낸 후 한참을 치대어야 쫄깃한 인절미가 되듯, 작가처럼 치열하게

인생을 살아야 맛난 인생을 향유할 수 있다는 생각을 해본다. 작가의 진솔한 삶이 그대로 드러난 이 시집을 읽으며 시인과 일치하는 행복을 찾을 수 있다면 우리 모두는 그것으로 만족하리라.

「어머니와 인절미」를 세상에 선보이는 이유는 길을 찾지 못해 갈팡질팡하는 독자들에게 여유를 가지고 끝까지 노력하면 성공할 수 있다는 자신감을 선물하기 위해서일 것이다. 가난한 생활 속에서도 꿈을 버리지 않고 어머니의 기대 속에 끝까지 정진하여, 시인이며 수필가로 또한 경영학 박사이자 정교수로 성공한 작가. 자신의 이야기를 주저 없이 시로 쏟아 독자에게 선물하는 것이 바로 시인 최기종의 가슴 따뜻한 사랑법이리라.

하 은 / 시인 · 수필가

목 차

1 새벽

2 송지호의 추억

3 달팽이

4 　드니프로 강에서

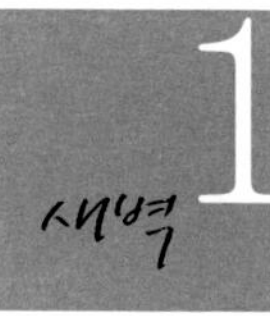
1
새벽

새벽

초승달 기울고
어둠 걷힐 무렵
저 멀리
수락산* 너머로
희망이 밝아오면

적막 감도는
얼어붙은 대지에
아침 알리는
닭 우는 소리가
잠든 생生을 깨우다

새날 여는
고요한 새벽
안식 속에서
박차고 일어나
새뜻한 삶 시작하다

*수락산 : 서울 노원구 상계동, 경기 의정부시 · 남양주시 소재

떡국

여든 여덟 번
농부의 손길이 닿은
멥쌀[白米]을
시루에 쪄서
가래떡을 뽑는다

선인들의 지혜와
한 해의 소망이 담긴
성스러운 차반 앞에
경건한 마음으로
강복康福*을 기원하고

천지 만물의
새로운 탄생
기축년己丑年 새날에
떡국을 먹으며
희망찬 새해를 열다

*강복(康福) : 편안하고 행복함

새해 아침

동창東窓에
신이神異한 햇살
우꾼우꾼하더니
기축년己丑年
옹골진* 새날이
밝았다

세세천년 이어온
만백성의 꿈

한 해의 안녕과
강복降福*을 염원하는
새해 아침에
포실한 꿈 그리며
떠오르는 태양을
힘껏 안아본다

*옹골지다 : 실속있게 속이 꽉 차다.
*강복(降福) : 천주(天主)가 인간에게 복을 내리는 일

청간정 清澗亭 에서

끝없이 펼쳐진
망망茫茫 동해東海
벼랑 위 우뚝 솟은
관동팔경關東八景
청간정*의 절경
빼어나다

시인 묵객 벗하며
세월 지킨 소나무
묵지근한 발아래

검푸른 수면 위로
너른 세상은 열리는데
하얀 모래에
추억을 새기는 갈매기
나날을 묻으며
한가롭게 노닐다

*청간정 : 강원 고성군 토성면 청간리 소재

20

대청호의 봄

-대통령소속 지방분권촉진위원회 위원 대청댐 방문기념

봄을 샘하는 추위가
수면을 파고드는
대청호大淸湖

문턱을 서성이던
목련, 진달래, 개나리
더운 가슴 여니
희망의 세상 열리다

물가 수양버들
연두 빛 곱단 허리
새봄맞이에 분주한
대전大田의 시민들

상서로움 가득한
호숫가에서
애민愛民의 마음 합하다

*대청호 : 충북 청원군 현도면 하석리와 대전 대덕구
　　　　신탄진동 소재

매화 梅花

운현궁*雲峴宮 돌담
화려하게 수놓는 매화
혹독한 겨울
온 몸으로 견디고
은혜 봄비 머금더니
망울망울 마다에
희망 가득이다

고결한 성품의
사군자四君子
더없이 화사한 향
하늘아래 꽃을 만나
정正한 기氣에 취한 나
심약한 정신을
새롭게 가다듬고

*운현궁 : 서울 종로구 운니동 소재

향연 饗宴

봄 따라온 단비에
물 오른 산천山川

담장 밑 개나리
수줍은 듯 앉아있고
활짝 핀 목련
하얗게 웃고 있네

이웃집 산수유
고운 옷 단장하고
만개 한 벚꽃
손님맞이에 분주한 봄날

꽃단장에 제 홀로 취한
들판 아지랑이여

민들레

노란 빛
쭈뼛 둥근
민들레 꽃
도린곁*에 모여
볕을 즐긴다

잿빛 영토
물들이던 봄
양지바른 돌담 사이
까르륵
참견하던 너

햇살에 쏟아진
불꽃이더니
어느새
하얀 깃털 펼치며
너른 세상 개척하누나

*도린곁 : 사람이 별로 가지 않는 외진 곳

유채꽃

성산포구*
돌담 따라 이어지는
청 보리밭 사이
노랗게 물 든
유채꽃
벌 나비 유혹한다
햇살보다 더 맑은 웃음에
벌은
꾀꾀로 입맞춤하고
나비는 꽃 인양
멈춘 시간과 마주앉아
속삭이듯 그느르는* 날
달콤한
봄 향기에 취한 세월은
그만
넋을 잃고

*성산포구 : 제주시 도남동 소재
*그느르다 : 보호하여 돌보아 주다.

천학정에서

맑은 동해
푸른 기상을
가슴에 품은
고성8경
천학정 天鶴亭*
풍류의 멋
더하니

방랑에 취한
나그네
무거운 세월
내려놓고
고요 속에
달콤한 인생
음미하다

*천학정 : 강원 고성군 토성면 교암리 소재

봉축奉祝
-부처님 오신 날 기념

연향蓮香 가득한
현충사* 지장전
불경소리에
마음 평온하다

인자하신
부처님
마음 비워 해탈解脫하고
자비慈悲를 여니

가호加護 입은
중생
평안을 기원하며
봉축법요 기린다

*현충사 : 경기 의정부시 자일동 소재

각설이

시골장터
축제가 열리는 곳
어디든 마다 않는
각설이 장타령
구성지다

광대얼굴에
누더기 옷 걸치고
허리춤에 너덜 장식하고
북을 힘껏 두드리며
세상을 돋운다

행인들
흥에 겨워 합세하니
난든집* 가위춤에
나도 그만
빠져들고

*난든집 : 손에 익은 재주

잡초 雜草

눈물 머금고
질긴 목숨 연명하는
외로운 잡초
생각 없는 사람들
발아래 한숨짓다

한 세월
허리 꺾인 몸
굳은 의지로
하늘 우러르며
무시로 살아난다

풍진인생
바람 지난 후
생생生生 잡초
너른 세상에
희망의 꽃 피운다

코스모스

고모리* 고갯마루
이슬 머금은 채
화사한 얼굴 까딱이며
인사하는 코스모스

바람으로 달려드는
자동차 물결 속에
온몸으로 계절을 반기며
흥겹게 춤을 추누나

무심코 지나는 이에게
환한 미소 지으며
가을을 노래하는
순전한 소녀

후면 거울 안으로
살포시 다가와
함께 가자
가는 허리로 애원하네

*고모리 : 경기 포천시 소흘읍 소재

고추잠자리

청명한 하늘 길목을
무리지어 비행하는
고추잠자리
날갯짓 별스레 분주한 오후

청초한 코스모스에게
슬며시 다가들어
바람의 기별을 전하더니
힘겨운 날개 잠시 접은 채
바지랑대 끝에서
낮잠을 즐기고 있다

세월의 전령인양
계절 소식을 전하는
날개달린 작은 집배원
기왕 가는 길에
그리운 이내마음도 함께
임에게 전해나 주소

추수 秋收

햇살에 무르익은
자일리* 황금 들녘
어거리풍년*이로세
시원스레 벼 이삭 가르며
트랙터가 지나가니
볏짚은 옆으로 쓰러지고
자루에 낟알이 가득 채워진다
이웃 간 품앗이 하며
추수하던 옛 모습
세월 속에 잊혀져가고
첨단화된 농기계가
부족한 일손을
대신해 주고 있다
낫으로 베며 추수하던
허리 굽은 시절
땀 흘리던 옛 정경이
새삼 그리운 날

*자일리 : 경기 포천시 영북면 자일리 소재
*어거리풍년 : 드물게 보는 큰 풍년

산정호수에서

가을 빛 담은
산정호수山井湖水*
진홍색 깊다

수면 위에 누운
단풍잎
노을에 물들고

호숫가에 늘어선
장송長松
운치를 더한다

나그네 유혹하는
그림 같은 풍광
세월도
눈앞에 멈춰서고

*산정호수 : 경기 포천시 영북면 산정리 소재

월동준비

양지쪽 제방둑길
큰 짐을 끌고
바삐 이동하는 행렬
근면하다
여름 내내 쉬지 않고
양식을 저장하느라
비지땀 흘리며
묵묵히 삶을 꾸려가는
연약한 개미군단
가는 허리로
세월 앞서
월동越冬을 준비하는
놀라운 지혜에
인간의 무지함이
고개를 떨군다

동막해수욕장에서

품을 파고드는
초겨울 바닷바람
빈 갯벌 바라보니
가슴이 휑하다

시름 깊은 어민의
삶의 터전
왜소한 동막해수욕장
잿빛 갯벌을 사르는
강렬한 태양

적막을 휘젓는
학생들 맑은 웃음에
잠자던 광활한 갯벌
생기로 깨어나고

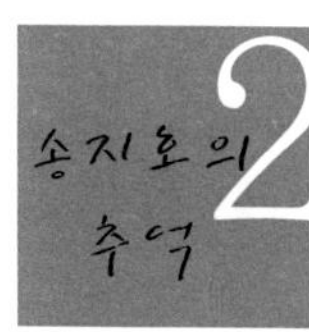

송지호의
추억
2

어머니와 인절미

아들이 깊이 잠든 새벽녘
어머니는
무쇠 솥에 떡살을 찝니다
등록금 마련하기 어려운 살림
차지게 치댄 사랑으로 인절미를 만들어
바닷가에 나가 꿈을 팝니다
치열한 오후
근심은 파도에 지워지고
빈 떡함지에 희망이 대신 채워지면
사랑을 배불리 먹은 아들은
상아탑에서 불변의 진리를 터득합니다
어느덧 중년의 대학교수가 되어
햇살 고즈넉한
송지호 해수욕장*에 다시 서니
그 해 여름
뜨거운 모래 위를 누비던
어머니 종종걸음이
눈물 속에 되살아납니다

*송지호 해수욕장 : 강원 고성군 죽왕면 오호리 소재

벌초 伐草

부모님 한평생
피땀으로 일궈 온
고향 땅 집터를 밟으니
감회가 새롭구나

인적 끊긴 곳
삶의 옛 터전에는
억새가 뿌리내려
질긴 사랑 이어가나니

남은 자식 생각에
근심만 무성하게 웃자란
봉분 주변으로
적막함이 에돌고 있다

흙을 지키는 부모님
수심愁心을 지우며
단정하게 이발시킨 묘 앞에서
예를 갖춰 큰절 올리고

한옥 韓屋

여인네
버선코를 닮은 기와지붕
세월 영근
대들보의 무게
텅 빈
추억의 빈 터에서
아버지의 정情을
회고합니다

대목大木*의
솜씨와 지혜를 담뿍 담은
햇살 바른 고향집*
아버지 손수 지으신
정갈한 쉼터에서
그윽한 나무 향香에 취해
마루에 엎드리면
이내 평온으로 들던

*대목 : 큰 건축물을 잘 짓는 목수
*고향집 : 강원 고성군 죽왕면 인정2리

꿈꾸는 날

초등학교 등교 길
어미 닭의 온기가 아직 남아있는
계란 두알 가슴에 품고
날아갈 듯 가벼운 발걸음으로
이웃 구멍가게로 달려가면
돋보기를 코에 걸친 할아버지
알의 크기와 상태를
찬찬히 살핀 후 셈을 하고
때 절은 동전 몇 닢을 내어준다
궁핍했던 어린 시절
중한 생명과 바꾼
도화지와 크레파스를 손에 넣고
밝은 내일을 그리다
차가운 마루에 엎드린 채 잠든
소년의 꿈 이야기 하나

꿈

뒷동산 발아래
송지호가 펼쳐지고
멀리 동해의 너른 바다
속 깊이 다가드는 곳
꿈 많은 소년이
대자연과 호흡하며
작은 꿈을 그렸다
세월 흘러 어언 반평생
지천명知天命 나이가 되어
학자이며 시인
수필가 여행전문가의
꿈을 이뤘으니
고향 집 뒷동산 그곳은
작가를 키워낸
희망의 터전이다

딱지치기

갈라진 손등으로
콧물 닦으며
겨울날 딱지를 쳤다
시멘트 종이로 빳빳이 접은
누런 왕王 딱지
힘 다해 내리치자면
꼬마 딱지들은
가을낙엽처럼 날아갔다
순간에 영웅이 된 소년은
때 절은 딱지를
보물인양 가슴에 품고
개선凱旋* 했었다
기억을 따라 온
헐어버린 딱지 한 장
꼿꼿한 세상을 뒤집으며
희망을 따고

*개선 : 싸움에서 이기고 돌아옴

추억의 비행장

인정리 마을 한 가운데
우뚝 솟은 비행장*은
마을 공동 놀이터
비행장에 올라
축구, 족구, 야구, 배구
자치기, 제기차기, 공기놀이
연날리기, 줄넘기를 하며
유년시절을 보냈지
귓가를 맴도는
친구들의 함성소리
어느새
세월 속에 묻혀 버리고
허망한 빈터에는
잡초만 무성하게 자라
옛 추억을 대신하고

*비행장 : 강원 고성군 죽왕면 인정2리 소재

쥐불놀이

학교 파하고 집으로 돌아오는 길
바닷가 모래사장에서
미군들 훈련 중에 버린 깡통을 주워와
대못으로 사방 구멍을 뚫고 가는 철사 줄을 맸다
어둑한 앞산 비행장에 올라
준비된 깡통에 관솔과 나뭇가지를 채워 넣은 후
잦아드는 쥐불을 담아 불을 피운다
8자 돌리기와 쌍으로 돌리기 삼매경에 빠져
팔 아픈 줄 모르고 원을 그리는 친구들
구멍 밖으로 튀는 불꽃을 머리위로 빙빙 돌리자
활활 타오르는 덩이는 붉은 공이 되어 허공을 난다
한 해의 풍년을 기원하는 의식이 끝날 무렵
하늘 높이 소원을 던지자
밤하늘 불꽃놀이가 펼쳐진다
보석처럼 고향 하늘을 빛내는 꽃불아래서
환호성을 지르던 우리는
손을 잡고 은하별 속으로 뛰어들었다

새 몰이

가을 되면 논에 나가
새 몰이를 했다
논 한가운데 꽂아
일렬로 세운 나뭇가지에
줄 묶어 깡통을 매달아 놓고
논둑에 쪼그리고 있노라면
멋모르는 새떼
벼이삭에 겁 없이 앉아
황금 풍년을 만끽하다가
요란한 깡통소리에
후드득 날아가곤 했지
곡식이 귀했던 시절
한 톨이라도 더 거두려
허수아비와 손잡고
참새가슴으로
들녘을 지키던 소년의
재빠른 줄 당기기

천렵 川獵

유년시절 친구들과 함께
쌀과 부식을 가지고
천렵을 하러 냇가로 나가
그늘진 곳에 빈 솥 걸어놓고
성긴 반두로
버들치, 모래무지, 미꾸라지를 건졌지
용하게 빠져 달아나며
맑은 물 누비는 고기를 잡을 때마다
친구들은 환호성을 질렀네
눈 질끈 감고
갓 잡은 물고기를 푹 삶아
대나무 조리에 살코기를 밭인 후
고추장 풀어 얼큰하게 끓이면
걸쭉한 어죽이 되었는데
냇가에 발 담근 채 옹기종기
기다림 끝에 나눠먹던 맛
참으로 일품이었다네

홀치기 낚시

맑은 물이 흐르는
인정리 냇가
바지를 걷어 올리고
낚시 삼매경에 빠진다
쑥을 뽑아 뿌리를 자른 후
실 같은 긴 뿌리를 이용해
홀치기를 만들어
고기를 낚는다
돌 밑에 숨어 있는 물고기
홀치기에 걸려 깜짝 놀라며
살려 달라 발버둥친다
메마른 땅에 올라온
슬픈 눈매를 한 물고기
소년은 외면한 채
주전자에 가득 담아
가족들에게
기쁨을 안겨준다

비사치기

동고동락했던
인정리 고향 동무들
몹시 그립구나

여름이면
소[牛]를 몰고
들판으로 나가
방목을 한 뒤

나무꼬챙이를 주워
땅바닥에 금을 긋고
납작한 돌로
비사치기를 했었지

발등에 돌을 올려놓고
조심스럽게 걸어가
비석을 후려치자
돌은 튕겨나갔고

친구들은
환호성을 지르며
서로 얼싸안고
축하해 주었지

놀 거리가 없던 시절
자연에 묻혀
신명나게 놀았다네

송지호의 추억

솔 향 그윽한
송호정松湖亭에 올라
인생을 회고해 봅니다

어린 시절
알몸을 던져 물장구치던
개구쟁이 친구들이 그립습니다

벗 떠난 세월의 자리엔
철새들이 날아와
삶의 터전을 마련합니다

꿈꾸던 호숫가엔
그리움이
소리없이 다가듭니다

어머니 품속같은
송지호*는
모정母情이 넘칩니다

*송지호 : 강원 고성군 죽왕면 인정리 · 오호리 · 오봉리 소재

송지호 松池湖

투명하게
세상을 깨우는 힘
천하를 물들이면

햇살 가득한
무언無言의 호수에
신선함 가득하다

세월 순응하는
영원한 샘
상서로운 기운 더하니

너른 가슴
송지호
강원의 진수를 보이리라

붕어 낚시

송림으로 둘러싸인
송지호
얕은 물가에서
갯지렁이를 잡아다
붕어 낚시를 했지

대나무로 손수 만든
볼품없는 낚싯대
젖 먹던 힘 다해
멀리 던지면
붕어 떼가 몰려들었지

싱싱한 붕어를
종다래끼*에 가득 담아
집으로 돌아오면
어머니는 화롯불에
노릇하게 구워주셨지

*종다래끼 : 대나무나 싸리로 만든 작은 바구니

전어 잡이

역류하는 바닷물 따라
호수로 밀려들어와
민물에 적응하지 못한
전어 떼
송지호 구석진 곳에 모여
가쁜 숨을 몰아쉬었다
제 물에 놀며
고향 지키는 사람 한평생이
여유로워
농한기에 든 농부들은
단단히 여문 몸으로
온종일 고기를 잡았다
'집나간 며느리도 돌아온다' 는
구수한 전어구이 냄새
겨우내
화롯가에 둘러 앉아
삶의 백미를 맛보았으니

손 두부

가을걷이 끝난 뒤
어머니는
먹을거리를 만들려고
손수 농사지은 콩을
찬물에 담그신다

물에 퉁퉁 불은 콩
맷돌에 곱게 갈아
가마솥에 넣고
바닷물을 부은 다음
장작불로 팔팔 끓인다

하얀 초 두부를
베 보자기에 싸고
돌을 올려놓으면
물기는 빠지고
백설기처럼 응고 된다

춥고 배고팠던 시절
따뜻한 아랫목에 앉아
담백한 손 두부로
허기진 세월을
푼푼하게* 채웠으니

바닷가의 추억

어린 시절
하교下校 길에
개구쟁이 친구들과
허기진 배 채우려고
바닷가를 누비고 다녔다네
어머니 품속 같은 해변 가엔
파도에 떠 밀려온
미역, 다시마, 도루묵 알
먹을거리들로 가득했지
파도는
애써 쌓은 모래성과
모래 위에 새긴 낙서를 빼앗으며
깔깔 웃고 달아났었지
유년의 추억을 집어 삼 킨
성난 파도도
깊이 자리 잡은 희망을
지우진 못했지

김장

추위가 찾아올 무렵
터알에서 무 배추 뽑아
소달구지에 가득 싣고
송지호 바닷가로 나갔다
바위틈으로 밀려드는 짠물에
무 배추를 담그고는
종일 숨을 죽였다
가족들은
살을 에는 바닷바람에
시린 손을 비벼가며
정성껏 배추를 씻었다
바닷내음이 담뿍 스민 김장
이엉으로 엮은
눈 막이 김치 광 앞에서
햇볕과 마주앉아
매운 세월로 속을 채워
차곡차곡 담던 겨울이야기

가을 운동회

만국기 펄럭이는 가을날
작은 학교에 운동회가 열렸다네
흰색과 청색의 모자를 쓰고
기마전 줄다리기 이어달리기로
너나없이 젖 먹던 힘을 다해
치열한 승부를 겨루었는데

청군과 백군이 뭔 소용이랴
마지막에 함께 외쳐대던
온 동네 승리의 함성을 따라
주먹만 한 오재미로 바구니를 치면
머리 위 오색 행복 우르르 쏟아지고
마을사람 웃음 운동장에 넘쳐났다

이제는 처처에서
저마다의 인생길을 달리고 있을
오호초등학교* 친구들
빠른 유년이 홀연 사라지니
소리가 묻힌 운동장에
바스락 가을 만 쓸쓸히 뒹굴고

*오호초등학교 : 강원 고성군 죽왕면 삼포2리 소재

그리움

세상을 녹일 듯한
불볕더위 속
백사장에 누워
무딘 가슴을 태우다

포말처럼 부서지는
송지호 바다
온 몸 던져
추억을 건져 올린다

어린 시절
짠물에 풍덩 빠져
조개 잡으며 물장구치던
옛 친구들

파도의 등에 업힌
그리움은
숱한 바람이 되어
귓전으로 다가든다

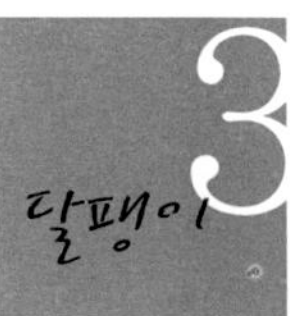

달팽이
3

달팽이

여가와 문화의 시대에
촉각을 곤두세우는 빠른 빛
까닭 없다
깡마른 길 위를
느릿느릿 기어가는 달팽이 한 마리
가다가 멈칫 쉬는 몸 위에도
여지없이 햇볕의 너그러움이 함께 한다
하늘 아래인데
나에게만 평생 그늘일리야
등껍질 버거워 혼신으로 업고도
유유히 햇볕 즐기는 작은놈을 보자니
웃음이 난다
아하! 사는 거란 저런 거로구나
쉬어 가면서
염치없이 힘을 충전 하는 일
그래야 끝까지
기어갈 수 있다는

오색_{五色} 사연

면학의 터전
경복대학 포천캠퍼스*에
오색 사연이 쌓였다

지운봉에서 불어오는
흔쾌한 갈바람
속 깊이 파고들고

단비처럼 내리는
은행 잎
메마른 땅 수놓으니

가을 나그네
한시름 낙엽에 묻어두고
생의 그림을 즐긴다

*경복대학 포천캠퍼스 : 경기 포천시 신북면 신평리 소재

가을 도봉산

돌 뿌리 디디며
도봉산* 오르니
야문 가을이 기운차다

푸른 절개 지키는
벼랑 위 소나무
팔 벌려 하늘 반기고

농염하게 무르익은
자홍빛 당단풍
나그네를 유혹하니

성숙한 계절
너른 마당바위에 누워
색色에 맘껏 취해본다

*도봉산 : 서울 도봉구 소재

스승의 날

'스승의 은혜는 하늘같아서'
강의실 마다 흘러나오는
감사의 노랫소리 우렁차다
어김없이 찾아오는 스승의 날
제자들은
정성 모아 선물을 준비하고
가슴에 불을 댕긴다
격식을 마다하면서도
은근히 이 시간을 고대하는 나
사제의 정이 두터워지는 순간에
살아나는 향학向學의 열기
주고받는 눈빛이 뜨겁다
앞서는 스승의 자리에 서서
진정 무엇을 가르치고
참되게 베풀었던고
새삼 자신을 돌아보며
스승의 도道를 깨우치는 오늘

불황의 그늘

학문의 전당에도
여지없이
불황不況의 그늘이
짙어져가고 있다
경제한파로
취업의 문턱을
넘지 못하는
수많은 졸업생들
세상 소리통은
높은 환율과 물가
구조조정 이야기로
연일연야
목청을 돋우고 있다
희망이 보이지 않는
실직자 행렬에
상아탑의 봄[春]은
멀게만 느껴지고

정동진에서

-세계문인협회 임원 정동진 답사기념

전쟁의 포화도
눈치 채지 못한 곳

속세를 까마득 잊고
파도를 벗 삼아 살아가는
정동진* 심곡리 사람들
신神이 내린
평온한 영토에서
자연을 빚는다

회색빛 일상에 얼룩진
고독한 시인은
심곡리 구수한 인정에
찌든 세월을 벗고
메밀 동동주에 빠져들어
인생을 건지고

*정동진 : 강원 강릉시 강동면 소재

봄 오는 소리

햇살이
천하를 깨우자
강물은
희망으로 흐르고
가지에
단물 오르자
잎들도 저마다
사랑을 속삭이네
암흑 속에 갇힌
긴 세월
참 생명 소원하며
재잘거리니
눈앞에 열리는 봄
생기발랄하다

무정한 세월

내 어린 시절에는 순사巡査와 호랑이가 제일 무서
웠다. 세상 그보다 더 무서운 것은 없었으니 어
른들은 아이가 울 때마다 "순사 온다.", "호랑이
온다."하면서 재치 있게 아이들의 울음을 달래곤
했다.

요즘엔 초등학교 동창회에 나가다 보면 세월이
제일 무섭다는 생각이 든다. 친구의 곱디고운 옛
모습은 오간데 없고 돋보기안경에 대머리 또는
반백半白의 사람으로 나타나니 "오래간만이야?"
하면서 다가와도 "잘 몰라보겠는데, 누구지?"하
면서 무의식적으로 반문을 하게 될 밖에

학창시절 날렵하게 춤 잘 추고 노래도 잘 부르던
친구들, 왕성했던 청춘의 기운氣運은 다 어디로
가고 훌쩍 지나가는 시간을 찬찬히 고르며 제 맡
은 자리에서 구순히 가라앉고 있으니

날마다 소리 없이 다가드는 무정한 세월아 어지
간하면 친구의 옛 모습 알아볼 수 있게 이제 그
만 그 자리에서 멈추어 주렴아

가을 비

시절에 지친 나뭇잎
빗방울 머금더니
기쁜 빛 가득이다

가뭄 끝에 보인
온화한 손길
가슴을 적시고

미세먼지 가득한
회색빛 세상
말끔히 씻어주니

두루 영그는* 일에
신명난 하늘
잡티 없이 맑다

*영그는 : 영글다, 여물다.

쑥차

입안 감도는 쑥의 향
마음 스미는
따스함 묻어날 때
어느새 고매한 향기에 취합니다

삶의 맛 풍미하는
차茶
전통문화와 여유가 배어
세월의 변화를 일깨워 줍니다

고르고도 화창한
봄빛
맑은 쑥차 한잔에
인생이 꽃처럼 살아납니다

백로 白鷺

만萬 리里
창공을 누비는
해오라기
순결하고 고고한 숨

다리가 길어
세상을 두루 섭렵하고
마음을 비워
홀로 높은 곳 날다

외로운
백발의 노자
오래전 속세를 떠난
도인道人 이라네

나에 대하여

혹자들은 詩를 쓸 때
굳이 '나' 라는 단어를 쓰지 말아라하네
그러나 나는 생각하네
'내' 가 빠진 것이 무슨 詩냐고
잘 아는 것
눈에 보이는 것
순수를 진솔하게 그려야 한다면서
나만큼 나를 잘 아는 것 어디 있다고
날마다 마주치는 내 안의 나를
넣지 말라 하는지
대체 詩에 대한 생각은
누가 정의하는 것인가
오늘도 다듬어지지 않은 詩 세계에서
허우적거리다
결국 어설픈 시인의 옷을 입은 채
반가운 나를 만나 손을 잡다

첫 황사黃砂

봄이 오면
어김없이 찾아드는
청하지 않은 손님
북서풍을 타고와
시린 가슴 파고 있다
극심한 가뭄과
골 깊은 경제 불황
까칠한 성정으로
시야를 가리는 하늘은
날개를 접은 채
귀한 삶을 유린하니
소리 없는 횡포에
숨죽인 한반도韓半島
싯누런 모래먼지로
까맣게 속타는 오늘

어린이 날

푸른 꿈 가득한 5월 5일, 이른 아침 유치원에 다
니는 늦둥이 막내를 깨워 가까운 놀이동산을 찾
았다. 어린이 날 특수를 마음껏 누리는 아들 녀
석, 서둘러 꼬마자동차, 비행기 회전목마에 뛰어
올라 신명나게 놀고 있다

우연하게도 어린이날과 내 생일이 일치되어 무늬
만 어린이 인 나, 아무런 혜택도 없이 자식의 안
위安慰만 그느르고 있었으니

저 밑에 숨어 있는 나의 동심童心은 아랑곳 하지
않은 채 기구와 동화되어 고빗사위를 만끽하는
야속한 녀석, 놀이 삼매경에 빠져 활짝 웃는다

오백 원짜리 동전을 꿀꺽 삼키는 첨단화 된 놀이
기구가 댓바람에 아이를 즐겁게 해준다. 철저하
게 받은 만큼만 베푸는 이악한 기계문명을 보고
있노라니 먼 옛날 자연에 묻혀 뛰어놀던 내 어릴
적 어린이날이 새삼 그리워

손 길

그대와
손잡으면
세상 근심 걱정
사라지고
신이한* 기운 움돋아
삶의 행복
가득하다

풍상 겪은
그대의 세월
따스한 온기로
속 깊이
전해지니
희망의 시간
무성해 가고

*신이하다 : 신기하고 이상하다.

사인암 舍人岩

운계천 푸른 계류에
층층 쌓아올린
기암절벽 사인암*
절묘한 풍광이로다

수직으로 치솟은
뾰족한 벼랑 위
풍상 겪은 노송老松
신비함을 더하고

석벽에 각자刻字한
묵객의 곧은 정신
영롱한 발자취에
풍류의 멋 흠모하다

*사인(舍人) : 고려시대 우탁(禹倬) 선생의 정4품 벼슬을 말함.
*사인암(舍人岩) : 충북 단양군 대강면 사인암리 소재

민족의 등불

-대통령소속 지방분권촉진위원회 실무위원

대구보건대학 방문기념

달구벌 태전 동산에
우뚝 솟은
대구보건대학*
푸른 솔 정기 가득하나니

창의創意 연마硏磨 성실成實
가슴 따스한
진리眞理의 전당에
탐구정신 불타오르다

캠퍼스에 울려 퍼지는
8천의 영바람*
민족의 등불 되어
누리에 길이 빛나시라

*대구보건대학 : 대구 북구 태전동 소재
*영바람 : 자랑하고 폼내는 태도나 기세

사랑이 또한 사랑에게

각자 여문 씨앗이었다가
우리는 푸른 나무로 만났습니다
홀로 바람에 부대끼던 몸
서로 어깨를 기대며
정한 시간에 마음을 함께합니다
빛과 양분을 아낌없이 나누는 그대와 나
아름다운 숲을 이루기 위해
나무와 나무가 되기로 하였습니다
믿음이 가장 깊은 곳
평생을 부둥켜안고 살아가는 뿌리는
영락없는 우리 두 사람입니다
한 날
언어가 무성한 숲에서
사랑이 또한 사랑에게 묻습니다
영원한 사랑으로 가는 길에 대하여…
작은 나무를 발아래 키울 일에 대하여…
나무는 말합니다
'뿌리 깊은 나,
그대 곁에서 희망의 세월을 엮으리라'
더불어 숲에는
청량한 솔바람 가득합니다

참 아름다운 당신

-경복대학 이지송 총장 칠순 축하 詩

건설관련 학계와 기업을 두루 거치며
인생 종심從心 모든 날 동안
한결같이 국가의 발전에 이바지하신
참 아름다운 임
건설현장에서 삶의 무게를 꿈으로 환원하며
아픔을 감싸고 실패를 보듬어주시던 경영의 달인
3일 연속 대형 공사를 수주하는 쾌거로
'가장 행복했던 3일'의 기적을 이루신 빛나는 역량
한국 엔지니어 60인 선정
공익적 역할과 경제적 이익을 위해
건전하게 삶을 걸어오신 날들을 기억 합니다
세상을 다 담을 만큼 넓은 가슴으로
석양의 때를 넉넉하게 누리시는 임
다른 사람을 향해 유여有餘함을 잃지 않으시고
자신의 행복에 집착하지 않으며
원칙을 잃지 않는 임은 참으로 미덥습니다
함께 나눔으로 기쁨을 더욱 풍성하게 하는
특별한 재주를 지니신 이지송李之松 총장總長
고통의 때에 단 맛을 내는 세심한 배려로
면학의 터전에서 일꾼을 직접 길러내시는 임
정淨한 곳에서 우주의 섭리를 펼치소서!
무한복록 세세천년 마음껏 누리소서!

작심_{作心}

향기 그윽한 원두커피를
저편으로 치워놓고
몸에 좋은 뱅쇼* 한 잔 마시려니
왠지 서글프다는 생각
작은 몸속에 어떠한 것을 들이밀어도
거부하는 법은 없는데
기운을 잃어가는 몸을 위해
가까이 하던 것들을
애써 외면해 보려는 오늘이다
밥이 보약이라 하시던
음성이 아직도 귓전을 돌고 있건만
몸에 좋은 것 찾아
부지런히 웹서핑을 즐기는 나
홍삼, 양파포도주, 브로콜리
붉은 양파 즙에 청국장 그리고 흑 마늘
이렇게 먹는다하여 한 백년은 살까
건강하게 인생을 즐기는 법은
골고루 맛나게 먹고 즐겁게 사는 것
종일 참았던 커피를 마시다

*뱅쇼(글뤼바인) : 양파를 포도주에 담가 3일간 우려낸 후 마시는 건강 주

봉포 바닷가에서

세상을 물들이며
장렬하게 타오르는
동해 일출
누리를 찬란히 밝히누나
파도에 밀려다니는
조개껍질은
모래 위를 수놓고
만개한 해당화海棠花는
햇살에 웃는다
살아있는 것과 죽은 것의
미묘한 선線
바닷바람을 막고 서 있는
푸른 빛 해송海松이
삿된 생각을 정화하고
하얗게 부서지는 파도가
잠든 천하天下를
힘차게 흔들어 깨우는 곳
봉포리 바닷가*에서
새로운 세상을 소원하며

*봉포 바닷가 : 강원 고성군 토성면 봉포리 소재

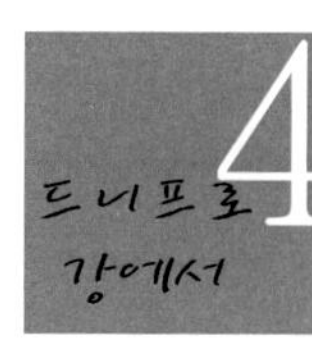

4
드니프로
강에서

드니프로 강에서

-포천시 · 오브이브시 MOU체결 기념

눈을 가늘게 뜨고
詩를 지어내는
저녁노을 어깨를 밀치고
가만 노래하는 연꽃 섬
어둠이 내린 드니프로 강*에서
수면 위에 별을 건지며
흥에 겨워 춤을 추는 사람들
우크라이나 훈훈한 인정에
굳은 관념을 녹이며
우리는 어느덧 하나가 되었다
떠나야 한다는 강박强迫을
집어삼킨 강
어둠을 낚는 태공에게
내일을 물으니
달빛 지레 참견이다
오늘을 만날 수 없는 암흑에
꿈 하나 심으라는

*드니프로 강 : 우크라이나 공화국 오브이브 시내를 흐르는 강

그랜드캐니언의 위용

−세종대학교 석·박사 과정 미국 답사여행

20억년 세월을 삼킨

신神의 걸작傑作

길이 446km 너비 29km

깊이 1.6km

끝없이 펼쳐진

웅대한 파노라마

그랜드캐니언*

메아리도 돌아올 수 없는

장엄한 협곡과 뾰족 봉우리

흑색, 황갈색, 적갈색, 분홍색, 크림색

다져진 색과 형체가 어울려

조물주의 위대함을 뽐내다

대협곡을 따라

머나먼

방랑의 길 오른

콜로라도 강물이여

*그랜드캐니언 : 미국 애리조나 주 북부에 있는 거대한 협곡

브라이스캐니언의 신비
-세종대학교 대학원 석·박사 과정 미국 답사여행

암석과 흙으로 다져진
조물주의 또 다른 걸작품
고드름을 세워 놓은 듯
하늘을 찌르고 있다
광대한 협곡을
빼곡히 메운
오렌지색, 흰색, 황색, 갈색
석탑의 원초적 향연饗宴에
가슴 벅차 오른다
기교를 부리지 않는
브라이스캐니언*
수백만 개의 석주를 쌓은
위대한 자연 앞에
인간은 한낱
작은 미물微物일 뿐

*브라이스캐니언 : 미국 유타 주 남서부에 있는 거대한 계단식 원형분지

팍상한_{Pagsanjan} 폭포

팍상한 Pagsanjan 폭포
-경복대학 관광교육원 필리핀 답사여행

필리핀
고나광의 영화
'지옥의 묵시록' 촬영장소
팍상한 폭포에서
살찐 몸 비좁은 벙커*에 구겨 넣고
급류를 겁 없이 거슬러 오르다
평생 잊지 못할 짜릿한 체험
대나무 뗏목에 목숨을 올려놓고
사정없이 내리꽂는
공포의 물보라 속으로 기어들어가
가쁜 숨을 몰아쉬며
'살려 달라' 아우성을 친다
자진하여 온 몸에 물세례를 받은
천진난만한 여행자
잠시
동심의 세계로
빠져든다

*벙커 배 : 길이가 길고 폭이 좁은 통나무 배

만리장성 萬里長城
−팔달령 정상에서

'세계7대 불가사의'
달에서도 볼 수 있는
만리萬里의 장성長城
북방 흉노족을 막으려
이천칠백 년 세월
6,400km의 대장정 이루어
멀리 고비사막까지
그 기세氣勢
당당하게 떨쳤구나
삼십만 군대와 수백만 농민의 피땀
험준한 능선 굽이굽이
대력大力의 뼈골로 쌓은
중국의 상징
산성山城 곳곳 골 따라
이름 모를
민초들의 영령英靈이
바람 되어 떠돌고 있다

콜로세움

-이탈리아 로마 여행기념

콜로세오Colosseo
콜로사레Colossale
거대하다 세기世紀의 찬탄을 너에게 보내노라
돌과 콘크리트의 완전한 조합 콜로세움은
토스카나, 도리아나, 이오니아, 코린트 양식을 혼합한
로마의 기념비적 걸작이다
베스파시아누스와 티투스 황제의 이름으로
네로의 황금궁전 연못자리에 세운 경기장
일백일간 즐기던 준공기념 의식
수천의 검투사 시합과
맹수와 인간의 싸움이 끊이지 않던
하늘 저 아래 원형의 투기장에서
노예의 피를 즐기며 환호를 보내는
광란의 로마인을 향해
신의 노여움은 극에 달하였으리라
낙뢰와 지진 속에 오만의 허리가 꺾여
허망한 뼈대로 남은 노년의 경기장
중앙무대 아래 미로를 탈출한 바람이
거인의 갈비뼈를 할퀴며 가고 있다

이집트

여름을 기다리는 이유는
단지 미지의 세계로 떠나기 위함이다
색다르게 다가오는 여행의 동경에
나는 날마다 몸살을 앓다
젊음의 날들을 지나
무더위에 시들어버린 과일 등속처럼
축축 처지는 일상을 벗어나기 위한 처절함
나일강가의 풍요를 만나고서야
새로운 아침을 맞이할 수 있으리라

훌륭한 여행자의 길을 막아서는
50℃를 넘나드는 뜨거운 숨결 속에서
신의 눈총에 검게 그을린
이집트의 노인과 아이를 보았다
거대한 룩소르 신전의 이글거리는 눈빛은
사람의 눈가에 서린 우수를 조롱하고 있다
신을 바라는 가난한 사람들의 이야기
태양을 이고 사는 깡마른 노인에게는
이곳이 회생할 수 없는 땅이거늘

알프스 영봉靈峰
-몽블랑 에귀유 뒤 미디 북 봉에서

프랑스 샤머니 마을
몽블랑 산봉우리의
대파노라마가 펼쳐지는
알프스 전망대
3,842m 에귀유 뒤 미디의 북 봉
만년萬年 백설白雪의 정상이
눈앞에 다가와
멀리 마터호른까지 함께 가자
장관을 펼치며 유혹한다
만년설의 알프스 영봉
세상은 온통 순백純白이다
7월의 가슴
한순간 녹아내려
참된 방랑자
뜨거운 여행의 매력에
텀벙 빠져들고

와카레와레와

지옥으로 향하는
고행苦行 길에서
세상 욕심을 하얗게 태우다
뭉게뭉게 피어오르는
와카레와레와 지열지대
부글부글 끓고 있는
프로그 풀(frog pool)
집어 삼킬 듯 달려들고
뜨거운 물을 토하며
30m 높이로 솟구치는
포후토 간헐천
눈앞에서 포효咆哮하다
달콤한 시간 디뎌 온
행복한 천사
끓는 진흙 속에
사색死色이 되다

시드니

하늘 담긴
세계 3대 미항美港
가슴을 여는 파도소리 감미롭다
거대한 조개껍질 오페라 하우스
시드니 만灣을 연결하는
싱글 아치의 하버 브리지
해발 325m의 남반구 최고의 건축물
시드니 타워
뷔페를 즐기며 여유롭게 항해하는
크루즈 여행
해안을 따라 펼쳐진 파노라마
항구의 풍광
마음을 내려놓은 여행자
인생의 소중함을 만끽하다
파도 따라 밀려드는
오케스트라의 은은한 멜로디에
행복 넘치고

피피 섬

인도양
검푸른 바다
점점點點 떠 오른
환상의 피피 섬
오라 유혹하네

순수를 지향하는
빼어난 절경
백사장에 누워
찌든 세월 잊고
바다에 묻히다

온 몸 조여 오는
문명의 옷가지
속세에 던지고
너른 바다 위
파도가 되어 보고

물 위의 사람들

-경복대학 관광과 캄보디아 졸업여행

돈레삽 호수 위에
물풀[水草] 처럼 흔들리며
각다분한 삶을 사는 사람들
황토 빛 수면 위로
찌든 얼굴 내밀고서
미지의 낯선 이방인을
뚫어질 듯 바라보고 있다
호수에서 물고기를 낚아
겨우 목숨을 연명延命하다가
긴 장마 찾아오면
정든 보금자리를 버리고
훌쩍 떠나야 하는
슬픈 눈매의
수상가옥 거주자들
절망 가득하다
살찐 세월 살아가는
부질없는 이방인은
찢어지는 가슴 가슴으로
돈레삽 호수에
눈물이나 더하고

바티칸 시국_{市國}

로마 카톨릭 문화의 본산
바티칸 시국
세상 가장 작은 몸집으로
누리에 큰 빛 밝히누나

미켈란젤로의 천지창조
태초의 혼을 담은 바티칸 궁전은
르네상스 건축의 정점이다
산 피에트로 대성당의 반구형 돔
베르니니의 천재적 능력을 발휘한
타원형의 산 피에트로 대 광장
로마의 심장에 뿌리내려
문화의 꽃으로 활짝 피었다

매주 일요일 정오
바티칸의 교황은
궁전의 발코니에 나와
영혼이 목마른 세인들에게
하늘을 대신하여
무한의 은총을 선물하고

아! 앙코르와트

-경복대학 관광과 캄보디아 졸업여행

이글거리는 태양이
온 세상을 불태우는 오후
비지땀을 흘리며
애써 찾은 평원에서
우뚝 솟은 앙코르와트를 만났다
눈물이 핑 도는 순간
백만 사람의 왕성한 제국은
불현듯 역사 속으로 사라졌으나
정글 속 사백년 잠자던 사원
잊혀 진 사람들에게
한낱 신화처럼 모습을 드러내다
세계7대 불가사의 석조사원
신과 같아지려한 크메르 왕족의 염원이
열대밀림 폐허 속에서
감동으로 다시 살아났으니
인류 최대의 사원
가히 앙코르(왕성하다는 의미)라

몽골에서

말을 타고 달리는
수평의 초원
정해진 길이 없는
테렐지의 모든 것은
하늘로 향한다
순전하게 웃는 사람들
마음을 여는
따뜻한 말 유乳 한 잔에
우정이 넘나드는 시간
인류의 사랑은
언어를 초월한다
마른 빵 몇 조각에
보드카 한 병
온 몸으로 대화하던
게르 속 진풍경
국경을 넘은 모든 것은
별과 함께 누웠다

파르테논 신전
-그리스 아크로폴리스에서

아크로폴리스 위에 우뚝 솟은
인류문명의 유산
유네스코 지정 세계문화유산 1호
처녀의 집 파르테논 신전神殿은
그리스 건축의 최대업적이다
자유와 질서의 조화로움
서로 다른 가치의 치밀함을 눈여겨 보다
기원전 5세기
페르시아 전쟁 승리를 기념하여 지은
도리스양식의 역사적 건축물
수호여신 아테네(파르테노스)에게 바친
조각가 페이디아스의 섬세한 솜씨는
무상한 세월을 따라 뿔뿔이 흩어졌다
상처받은 여신의 처녀성을 지키기 위해
바람에 살을 내어주며 늘어서 있는
네모난 주두를 가진 수많은 기둥만이
말없이 바위산을 지키고 있다

나이아가라

흐름이 중단되는 곳
부드러운 성품이 단절되면
이어 천길 나락이다
지나면서 귀담아 온 이야기
한꺼번에 쏟아 부으니
수직아래 언어의 소용돌이
이것은 청천靑天의 벽력霹靂이다
나이아가라 폭포
세상 위용에도 불구하고
조금 씩 뒤로 물러서
단단한 제 살을 깎다가
급기야 강에서 사라질 운명
혼돈의 물보라 속
폭포의 마지막 외침에
가슴 쓸어내며 뱃전에 누운
여행자 홀로
무지개다리를 건너다

환상의 섬

끝없이 펼쳐진 장관
화려한 물빛을 가르는 목선
베트남의 한나절
고요한 바다를 탐미하다
2억 5천년 깊고 푸른 세월
생명의 유무를 막론하고
약한 것을 강하게 하는 산화의 기운에
기기묘묘한 석회암이
하롱베이의 신비로 태어났다
수면 위에서 형성되어
물속으로 내려간 카르스트
신의 선물이 용이 되어 내려온 곳
꼭두각시 섬, 거북이 섬, 경이의 섬
용 섬, 불가사의 동굴
저마다의 이름을 안고
화려한 유랑을 꿈꾸는 섬
소리가 잠든 수면에서
고개 드는 한 폭 산수화를 보다

오스만 제국의 영화

동서양
중세 근대
과거와 현재가 공존하는
터키 이스탄불
비잔틴 오스만 제국의 영화榮華를
회상해 본다
'하나님의 지혜'란 뜻을 담은
비잔틴의 백미白眉 성 소피아 대성당
제국의 영화를 상징하는 블루 모스크
천연의 크리스탈
샹들리에로 장식한 돌마바체 궁전
황금과 보석이 가득한 토스카프 궁전
오스만 제국의 쇠퇴를 가속화 시킨
무제한의 사치이다
지난 날
화려했던 영화를
세인世人의 가슴에 묻어둔 채
자태를 뽐내고 있다

"호방한 필체 속에 꽃 핀
서정(抒情)의 프로젝트"

– 최기종 시집 「어머니와 인절미」의 시세계

金天雨 / 시인 · (사)세계문인협회 이사장

1. 도심 속의 뉴 클래식, 서정시의 탄생

우리 시대 최고의 저항시(抵抗詩)는 무엇일까? 주저 없이 서정시(抒情詩)라고 주장한다면, 이것은 틀린 말일까? 감성의 모태(母胎)라 할 수 있는 풀잎들의 심장에 불을 지피는 촉매제가 바로 서정적 감각이며, 이는 곧 카타르시스(Catharsis)라는 감동의 힘을 발현시키는 미적(美的) 에너지로 표현할 수 있을 것이다.

직서어법(直敍語法)에 의한 수많은 산문시(散文詩)들이 풀잎들의 가슴을 움직이게 만들 수 없는 큰 이유는 바로 서정이 거세된 드라이한 문체가 그 주된 원인이다. 아무리 좋은 의미의 모티프(Motif)를 갖고 시(詩)라는

108

예술작품을 썼더라도, 정작 그 작품을 가슴 속에 담아내는 주체가 바로 풀잎들이고 대중들인 것이다. 좀 더 좁혀 말하자면 독자인 셈이다.

시인의 마음속에 깊이 흡입된 각종의 이미지들은 살아 있는 활어(活語)이며, 이는 마치 바다 속 활어(活魚)의 심상과 무에 다를 바가 있을까? 속칭 기성세대들이 도심 속에서 자란 세대들에게 자연의 맑은 공기와 같은 순수하고 청순한 이미지를 자연스럽게 생성시킬 것이란 막연한 기대를 걸진 않지만, 그러한 기대를 부응할 수 있는 새로운 탈출구 중에 하나가 '도심 속의 뉴 클래식(New-Classic), 서정(抒情詩)시의 탄생'이란 점에서 매우 주목할 만한 사실이 아닐 수 없다.

눈물 흘릴 줄 아는 풀잎이 서정(抒情)의 참맛을 지상에서 가장 빨리 느낄 수 있다. 다시 부언하면, 인간 본래의 감정이 제어된 채 구호적(口號的) 어법이나 선동가의 목소리로 잠자는 풀잎들을 깨우는 화자(話者)의 입장이 아닌, 인간 본래의 감성에 충실하고 상실된 휴머니티(Humanity)를 회복하자는 주장과 일치한다.

휴머니티의 지향점에는 언제나 어머니에 대한 그리움이나 애절하고 절절한 남녀 간의 사랑이 주종을 이룬다. 그중에서도 어머니에 대한 향수나 그리움은 동서고금(東西古今)을 막론하고 가장 큰 테마로 우리 가슴 속에 자리 잡고 있다. 어머니의 탯줄을 공급받으며 세상을 향한 준비를 소리 없이 진행하는 것에 기인하여 생성된 모태문학(母胎文學) 이야말로 우리 시대 최고의 가치와 이상향으로 거론해도 큰 무리는 없을 것이다.

또한 우리 인간의 감성 속에 오랫동안 차지하는 주제들 중에는 얼마만큼의 시·공간적인 지속성(持續性)을 갖고 있느냐가 무엇보다 중요한 화두로 작용한다. 단기 지속의 경우에는 수요자 즉, 인간의 심상을 포함한 준거적(準據的) 생활 속에 하나의 패션 혹은 유행처럼 적어도 10년에서 30년 정도로 사회·문화적 풍속적인 공감대(공통분모)를 형성했는가가 주요한 척도로 보게 된다.

중기 지속의 경우에는 적어도 50년 이상에서 100년 미만 기간 동안에 걸쳐 많은 사람들에게 의식의 틀을 바꿀 수 있도록 영향을 끼쳤는가가 주요한 척도로 삼는다. 그동안 우리 문학의 흐름을 정신사적(精神史的) 관점에서 바라볼 때, '어머니'라는 주제는 하나의 단기 지속 개념이 아닌 장기 지속의 흐름으로 그 맥(脈)을 짚어야 할 것이다.

한 세기를 풍미할 경우에는 중기 지속의 개념으로 바라보지만, 이미 그 차원을 넘어서서 인류의 공통 주제인 '어머니'의 경우에는 좀 다르다. 한 세기가 아니라, 인류가 태어난 원시종합예술이 탄생한 그 시기로 거슬러 올라가야 마땅할 것이다.

따라서 어머니로부터 파생되는 각종의 모성애를 많은 시인들이 노래하는 이유가 바로 여기에 있는 것이다. 최기종 시인의 경우에는 사모곡(思母曲)을 도심 속의 뉴클래식처럼 서정시의 백미(白眉)라 해도 좋을 정도로 절절한 감동이 밀려옴을 확인할 수 있었다.

아들이 깊이 잠든 새벽녘
어머니는
무쇠 솥에 떡살을 찝니다
등록금 마련하기 어려운 살림
차지게 치댄 사랑으로 인절미를 만들어
바닷가에 나가 꿈을 팝니다
치열한 오후
근심은 파도에 지워지고
빈 떡함지에 희망이 대신 채워지면
사랑을 배불리 먹은 아들은
상아탑에서 불변의 진리를 터득합니다
어느덧 중년의 대학교수가 되어
햇살 고즈넉한
송지호 해수욕장에 다시 서니
그 해 여름
뜨거운 모래 위를 누비던
어머니 종종걸음이
눈물 속에 되살아납니다

- 「어머니와 인절미」 전문

　유년 시절부터 비롯된 어머니의 지순한 정성이 한 편의 파노라마처럼 선연(鮮妍)하게 되살아나고 있다. '인절미'는 어머니의 생계이면서, 가족들의 삶을 지키는 소재로 작용하고 있으며, 은유적 등식인 '인절미=모성애'로 통하는 하나의 상징으로 표출되고 있다.
　'인절미'는 어머니의 허리를 부단히도 압박하며 삶의 존재의의(存在意義) 또한 생성시켰던 매개 수단 중 하나

111

였다. 아울러 가난의 탈출구로써 상징적 의미를 갖고 있다. 어머니로부터 얻은 '사랑'과 '헌신'이 자기 자신을 극복하는 자극제가 되어 결국 오늘날의 모습(대학교수)을 잉태하는 계기가 되었음을 회고하고 있다.

　어머니의 깊은 사랑을 회고하며 감읍(感泣)하는 자식(子息) 일수록 경천애인(敬天愛人)에 어긋남이 없으며, 동시에 세상의 어둠 속 어딘가 버려지는 노인들의 현대적 문제를 해결할 수 있는 유일한 해법이 '효(孝)' 사상임을 은연중에 암시해주고 있다.

　시인의 시선은 모성애(母性愛)로부터 시작되어, 어느덧 배추를 재료로 하는 서민들의 김장 김치에도 관심을 두고 있다. 김치의 독특한 냄새는 가장 전통적인 한국적인 향기이며, 그 속에는 한국인의 애환과 저력이 살아 숨 쉬는 본질적 특성이 내재하고 있는 것이다. 아마도 '김장'이라는 제목 하나만으로도 이미 詩가 될 수 있는 장점을 갖고 있다. 그 이유는 간단하다. 가령 '용광로, 그 삶의 현장 속으로'라는 제목으로 詩를 썼다면, 제목에서 오는 강렬함 때문에, 길지 않은 연과 행으로도 많은 시적 효과를 누릴 수 있다. 마찬가지로 '김장'이라는 제목 속에는 한국인의 전통적인 문화와 풍속을 한 번에 공유할 수 있는 마력을 갖고 있다고 봐도 무난할 것이다. 바다의 비릿한 내음을 안으로 삭히며 발효된 시골 김치의 맛은 잊을 수 없는 한국인 고유의 전통적인 맛이기도 하다.

추위가 찾아올 무렵
터알에서 무 배추 뽑아
소달구지에 가득 싣고
송지호 바닷가로 나갔다
바위틈으로 밀려드는 짠물에
무 배추를 담그고는
종일 숨을 죽였다
가족들은
살을 에는 바닷바람에
시린 손을 비벼가며
정성껏 배추를 씻었다
바닷내음이 담뿍 스민 김장
이영으로 엮은
눈 막이 김치 광 앞에서
햇볕과 마주앉아
매운 세월로 속을 채워
차곡차곡 담던 겨울이야기

- 「김장」 전문

　가족들의 정성이 듬뿍 담겨진 김치는 세월이 지나도 소멸되지 않는 영원한 기억이며, 가족 간의 소통을 가능케 만든 단골 메뉴인 셈이다. 그러한 메뉴가 사라질 수 없는 중요한 이유 중에 하나가 어머니의 손맛에 길들여진 자식의 음식 코드 즉, 뇌 속의 기억 장치로 저장되어 있기 때문이다.

　'가장 한국적인 작품이 가장 세계적인 작품이다.' 라는 말처럼 시인의 문학적 메인 코드 속에는 한국인의 전

통적인 주제(어머니, 김장)가 밤하늘의 별과 같이 반짝
거리고 있기에 매우 흥미진진하지 않을 수 없다.
　별빛처럼 영롱한 시인의 눈빛은 어느새 '새벽' 어딘
가에서 머물고 있다.

　　초승달 기울고
　　어둠 걷힐 무렵
　　저 멀리
　　수락산 너머로
　　희망이 밝아오면

　　적막 감도는
　　얼어붙은 대지에
　　아침 알리는
　　닭 우는 소리가
　　잠든 생生을 깨우다

　　새날 여는
　　고요한 새벽
　　안식 속에서
　　박차고 일어나
　　새뜻한 삶 시작하다

-「새벽」 전문

　하루의 삶을 새롭게 시작하는 발걸음처럼, 경쾌한 리
듬감과 생동감이 작품 전체를 압도하고 있으며, '어둠과
희망', '적막과 닭 우는 소리' 등과 같은 대비적 시어들

을 통해 신선함마저 유발시키고 있다. 이는 세밀한 관찰과 시적 수련으로 쌓은 내공이 번뜩이고 있음을 감지하게 만든다.

새벽을 박차고 일어나는 도심 속 샐러리맨들의 일상적인 삶까지도 유추해낼 수 있을 만큼 우리시대 변화된 풍속사를 한 눈에 감상할 수 있다. 그러한 삶이 '달팽이' 에서 더 확연하게 드러나 있다.

여가와 문화의 시대에
촉각을 곤두세우는 빠른 빛
까닭 없다
깡마른 길 위를
느릿느릿 기어가는 달팽이 한 마리
가다가 멈칫 쉬는 몸 위에도
여지없이 햇볕의 너그러움이 함께 한다
하늘 아래인데
나에게만 평생 그늘일리야
등껍질 버거워 혼신으로 업고도
유유히 햇볕 즐기는 작은놈을 보자니
웃음이 난다
아하! 사는 거란 저런 거로구나
쉬어 가면서
염치없이 힘을 충전 하는 일
그래야 끝까지
기어갈 수 있다는

– 「달팽이」 전문

115

21세기 디지털 문명 속에 길들여진 채, 오늘날의 기성세대로 살아가고 있는 시인의 자화상을 '달팽이' 라는 객체를 통해 발견하고 있다. 문질문명 속에 빠른 속도로 적응하며 살아가야 하는 현대인들의 일상적인 삶과 투사적인 삶을 '달팽이' 라는 시적 대상으로 고루 투영(投映)시키고 있다.

딱딱한 등껍질은 투사의 갑옷과 같은 현대인들의 보호 장구류이며, 또한 '달팽이' 가 유유히 햇볕을 즐기는 현상은 여가 시간을 통해 재충전하는 일반적인 현대인들의 삶과 다를 바 없다.

2. 관조적 미학으로 발견한 자연의 순환과 순리

인간이 세상을 바라볼 때, 관점이 다를 수밖에 없다. 이는 대상에 대한 미적(美的) 거리와 직결된다. 구체적으로 그 발현 행태는 다양한데, 자아가 없는 상태로 바라보는 관점이 있을 수 있다. 이러한 상태를 일명 '패닉현상에 의한 시각' 이라 규정지을 수 있다. 전쟁의 경우가 대표적인 사례이다. 전투가 진행되는 현장에서 전사(戰士)가 되어 서 있는 아군(我軍)의 입장에서는 자아가 있을 수 없다. '오로지 적을 죽이지 않으면 내가 죽는다.' 라는 시각이 전장을 지배할 뿐이다. 적개심으로 가득 찬 증오만이 총구에 번뜩일 뿐이다. 이는 곧 환유적(換喩的) · 축자적(縮者的) 관점으로 바라보고 있는 시각이라 할 수 있다. 그런가 하면, 전쟁과 전사(戰士)의 관계를 재설정하여, 전쟁에 참여하는 군인으로서 당위성의 의미로부터 성전(聖戰)의 개념 즉, '전사(戰士)

로서 백척간두에 선 조국을 위해 전쟁에 참전하는 것 자체
야말로 성스러운 전쟁, 성전(聖戰)을 치루는 것과 같다.’ 라
는 등가 관계를 새롭게 부여해주는 관점도 있게 마련이다.

　전쟁에 참전하는 군인으로서의 자아를 존립하게 만들
어 줌으로써 ‘위국헌신군인본분(爲國獻身軍人本分)’의
대의명분을 얻게 된다. 이는 곧 1:1 개념의 은유적(隱喩
的) 관점이라 할 수 있다. 그런 시각을 더 초월한 관점이
있는데, 그것은 전쟁도 하나의 현상 즉, 자연의 순환과
순리 속의 과정으로 바라보는 관점이다. 이러한 시각은
관조적 자세와 직결되며, 인류애와 휴머니티를 동시에
구현하고 있다. 전쟁을 치루고 있는 이데올로기와의 거
리 개념으로 볼 때, 가장 먼 미적 거리를 두고 있는 것이
다. 미적 대상을 자아의 확장된 개념으로 보는 일종의
제유적(提喩的) 관점인 것이다.

　이와 같은 미적 거리는 작품의 질적 완성도와 다르지
않다. 그 거리 속에는 자연의 순환과 섭리에 순응하려는
서정성을 담보로 하고 있는데, 서정성을 좀 더 효과적으
로 상승하게 만드는 요인이 ‘코스모스’와 같은 기표적
존재라 할 수 있다.

　바람으로 달려드는
　자동차 물결 속에
　온몸으로 계절을 반기며
　흥겹게 춤을 추누나

　무심코 지나는 이에게

환한 미소 지으며
가을을 노래하는
순전한 소녀

후면 거울 안으로
살포시 다가와
함께 가자
가는 허리로 애원하네

–「코스모스」 중에서

'코스모스'는 대표적인 기표적 존재 중의 하나이다. 이러한 기표에 의해 서정성이 부각되고 있으며, 더욱이 전쟁과의 거리를 무너뜨리게 하는 중요한 요인이 되기도 한다. 여기서 전쟁이란 취업대란 속에서 벌어지는 샐러리맨들의 하루하루 삶 그 자체를 전쟁과 연결 지어 생각해볼 수 있으며, 21세기 산업 전선에서 고군분투(孤軍奮鬪)하는 현대인들의 생활상을 재조명함은 물론 '코스모스'는 산업 전선에서의 전쟁을 무너뜨리게 하는 촉매제로 작용하게 된다. 동시에 콜라의 기포처럼 서정성을 톡톡 쏘아 올리는 미적 효과까지 자아내고 있다.

그런가 하면, 시인의 시선은 가을의 전령인 '고추잠자리'에게 눈길을 주고 있다. 고추잠자리들이 몰고 다니는 가을의 이슈는 단연 행운의 소식이다. 고추잠자리는 결실의 계절 가을철 은행잎을 타고 행운의 깃을 우아하게 펼쳐 보이며, 그 아름다운 자태를 한껏 뽐내기고 한다. 시인은 행운의 소식을 전하고 있는 고추잠자리를 집배

118

원에 비유하고 있는 것이다.

　　청초한 코스모스에게
　　슬며시 다가들어
　　바람의 기별을 전하더니
　　힘겨운 날개 잠시 접은 채
　　바지랑대 끝에서
　　낮잠을 즐기고 있다

　　세월의 전령인양
　　계절 소식을 전하는
　　날개달린 작은 집배원
　　기왕 가는 길에
　　그리운 이내마음도 함께
　　임에게 전해나 주소

- 「고추잠자리」 중에서

　시인에게 임은 누구일까. 궁극적인 그리움의 대상이며, 확장된 대상을 의미한다. 가을의 소식을 애타게 그리는 여인으로부터, 시인, 철학자, 음악가, 화가를 비롯하여 가을 단풍을 멋지게 수놓아야 하는 나무들에게 이르기까지 그 대상은 다양하고 폭 넓은 수밖에 없다.
　어디 이뿐이랴. 갈대가 무엇보다 가을을 학수고대하며 머리를 늘어뜨리고 있다는 사실도 역시 간과해서는 안 될 자연의 현상인 셈이다.
　시인에게 추억은 특정 지역에 국한될 수밖에 없다.

‘송지호’ (강원도 고성군 죽왕면 일대)가 바로 그러한 추억이 서린 장소이며, 모성애 또한 간직하고 있는 태생적 발현 장소이기도 한 것이다.

벗 떠난 세월의 자리엔
철새들이 날아와
삶의 터전을 마련합니다

꿈꾸던 호숫가엔
그리움이
소리 없이 다가듭니다

어머니 품속같은
송지호는
모정母情이 넘칩니다

－「송지호의 추억」 중에서

호수가 어머니의 품속이란 사실은 굳이 놀랄만한 사항은 아니지만, ‘품속’이 의미하는 포괄적 은유는 대단히 주목할 만한 미학적(美學的) 가치를 갖고 있다. 일반적으로 품속에는 자식이 안겨져 있기도 하지만, 세상을 안으로 흡입할 수 있고 포용할 수 있는 인식의 패러다임을 바꾸어 놓은 출구가 엄연히 존재하고 있음을 암시해 준다. 그러한 인식의 틀은 ‘송지호’라는 장소를 더 확연하고 인상적인 느낌으로 성큼 다가오게 만드는 요인이 된다.

바다 속 백가지 맛이 숨겨진 보물에 비유하는 물고기
가 전어인데, 시인에게도 그 전어에 대한 추억이 내재해
있다. 역시 '송지호'에 밀려들어온 전어 떼에 얽힌 사연
을 한 편의 영화처럼 생생하게 확인할 수 있다.

역류하는 바닷물 따라
호수로 밀려들어와
민물에 적응하지 못한
전어 떼
송지호 구석진 곳에 모여
가쁜 숨을 몰아쉬었다
제 물에 놀며
고향 지키는 사람 한평생이
여유로워
농한기에 든 농부들은
단단히 여문 몸으로
온종일 고기를 잡았다
'집나간 며느리도 돌아온다' 는
구수한 전어구이 냄새
겨우내
화롯가에 둘러 앉아
삶의 백미를 맛보았으니

－「전어 잡이」 전문

전어 잡이에 여념이 없는 바닷가 어촌 풍경이 고스란
히 담겨져 있다. 방안으로 금방이라도 구수한 전어구이
냄새가 뛰어들 것 같은 평화롭고 자유로운 이미지가 작

품 전체를 주도하고 있는 것이 하나의 특징으로 전해진
다. 시인은 단순한 감정이 아닌 가슴 속에 잠재된 풍속
도를 또 한 번 병풍을 말아 올리며, 세상 앞에 펼쳐 보이
고 있는 것이다.

3. 실사구시적 이미지 구현을 통해 건축한 소통의 힘

새로운 현상을 통해 실사구시적(實事求是的) 이미지
를 만들기란 그리 쉬운 작업은 아닐 것이다. 실사구시란
한마디로 사실에 기초하여 진리를 탐구하는 적극적인
자세와 직결된다. 시인은 각기 다른 사실을 통찰하면서,
시인은 거대한 심상(心想)의 집 한 채를 짓고 있는 것이
예사롭지 않아 보인다. 이는 차별화된 특징을 바탕으로
단절된 형태가 아닌 알레고리 수법을 동원하여 사회현
실로부터 자연현상까지 프리즘 안에 직조해내며 연속적
이미지로 부각시키고 있는 것이다. 세상과의 소통을 현
미경과 같은 정교한 이미지로 연결된 그림을 통해 재생
시키고 있다는 것이 독특한 특징으로 인식되고 있다.

굴절된 시각은 아니지만, 자유롭고 끈질긴 자생력을
갖춘 '잡초'에 이르러, 일부 인기 연예인들이 노래, 연
기 등의 구역을 자유자재로 넘나들며 붙여진 만능 엔터
테인먼트처럼 실사구시적 철학을 구현하고 있음을 확인
할 수 있다.

122

눈물 머금고
질긴 목숨 연명하는
외로운 잡초
생각 없는 사람들
발아래 한숨짓다

한 세월
허리 꺾인 몸
굳은 의지로
하늘 우러르며
무시로 살아난다

– 「잡초(雜草)」 중에서

　그 때, 그때마다 상황을 고려하여 커뮤니케이션 (Communication)을 수시로 시도하는 '잡초'와 같이 때와 장소를 가리지 않고 시대와 현실에 적응하는 상황의 미학을 발견할 수 있다. 이는 수동적 인간이 아닌 능동적이고 적극적으로 행동하는 21세기 현대 사회의 인간형을 제시하고 있는 것이다.
　시인의 발길은 이국땅인 캐나다와 미국의 「나이아가라」에서도 같은 시선을 견지하고 있다.

흐름이 중단되는 곳
부드러운 성품이 단절되면
이어 천길 나락이다
지나면서 귀담아 온 이야기

한꺼번에 쏟아 부으니

수직아래 언어의 소용돌이

이것은 청천靑天의 벽력霹靂이다

나이아가라 폭포

세상 위용에도 불구하고

조금 씩 뒤로 물러서

단단한 제 살을 깎다가

급기야 강에서 사라질 운명

혼돈의 물보라 속

폭포의 마지막 외침에

가슴 쓸어내며 뱃전에 누운

여행자 홀로

무지개다리를 건너다

– 「나이아가라」 전문

　시인은 인용된 작품에서, 성품이 단절되는 현상을 일명 소통(疏通)의 단절로 강하게 어필하고 있다. 부드럽고 온화한 성품을 유지하지 못하면, 소통의 부재(不在)로 인해 큰 난관에 부딪히게 됨을 부각시키고 있다. 이는 자연의 일부인 '폭포'를 통해 모난 성품의 단면을 대비시키면서 동시에 둥글게 살아가야함을 무언(無言) 중에 전달해주고 있는 것이다. 상대방과의 대화가 어긋나게 되면, 언어의 소용돌이에 직면하게 될 것 또한 강력하게 표출시키고 있다. 물러설 줄 아는 것도 하나의 지혜라는 점을 비유하면서 현실에 순응하며, 세상에 적응해야 한다는 실사구시적인 삶의 미학을 확인할 수 있다.

시인의 발길은 절경 중에 강원도 고성군의 토성면에 위
치한 청간정(淸澗亭)에 멈춰 선다. 자연 속에 의지하고
픈 인간 본성 자체에서 나오는 성품이 드러나는 풍경이
아닐 수 없다.

시인 묵객 벗하며
세월 지킨 소나무
묵지근한 발아래

검푸른 수면 위로
너른 세상은 열리는데
하얀 모래에
추억을 새기는 갈매기
나날을 묻으며
한가롭게 노닐다

–「청간정(淸澗亭)에서」 중에서

　　바닷가 모래 위를 넘나드는 기표적 존재인 갈매기를
통해 마치 자기 자신의 삶의 방식 또한 그대로 접목시켜
자연 속에 순응하려는 자세가 엿보인다. 이를 뒷받침해
주는 표현인 '하얀 모래에/추억을 새기는 갈매기/나날
을 묻으며/한가롭게 노닐다'에서 시인의 성품이 그대로
드러나 있는 것이다. 이는 바로 시인이 실사구시적 자세
를 지향할 수 있도록 만드는 근원적인 모티프임과 동시
에 일상적 삶의 자양분이 된다. 시인은 치열한 자기 자
신과의 싸움을 진행하는 전사(戰士)와 같다. 그래서 그

125

러한 싸움에서 벗어나 스스로를 정화(淨化)시키며 휴식
하려는 자세를 견지하기도 한다. '사인암(舍人嵒)'에 머
물며 자연인으로 돌아간다.

　　운계천 푸른 계류에
　　층층 쌓아올린
　　기암절벽 사인암
　　절묘한 풍광이로다

　　수직으로 치솟은
　　뽀족한 벼랑 위
　　풍상 겪은 노송老松
　　신비함을 더하고

　　석벽에 각자刻字한
　　묵객의 곧은 정신
　　영롱한 발자취에
　　풍류의 멋 흠모하다

– 「사인암(舍人嵒)」 전문

　시인의 실사구시적 삶은 조선(朝鮮) 선비의 호탕함과
단아함, 그리고 고매한 품격 등을 두루 갖추게 만드는
바탕이 되고 있다. 이 같은 면모는 작품 전체를 압도하
면서, 앞서 언급한 바와 같이 세상을 흡입하여 천착하려
는 삶의 풍류(風流)를 즐기는 수준까지 나아가고 있다.
그 풍류 속에는 세상에 대한 리얼리티(Reality)를 재조

명한 가운데 예리한 감성을 육화(肉化)시키며 살아가려
는 시인의 자세와 직결된다.

　시인의 감성은 따뜻한 세계를 품은 다기(茶器)와 같다.
그 속에 세상을 담아내며 은유자적(隱愉自適)하는 삶을
즐기고 있는 것이다. '쑥차' 에서 이를 음미할 수 있다.

　　입안 감도는 쑥의 향
　　마음 스미는
　　따스함 묻어날 때
　　어느새 고매한 향기에 취합니다

　　삶의 맛 풍미하는
　　차茶
　　전통문화와 여유가 배어
　　세월의 변화를 일깨워 줍니다

　　고르고도 화창한
　　봄빛
　　맑은 쑥차 한잔에
　　인생이 꽃처럼 살아납니다

- 「쑥차」 전문

　인용된「쑥차 」에는 삶에 대한 여유 즉, 여백의 미와
동양적 철학사상에 기초하고 있다. 이러한 면면 속에는
인간적인 향기가 묻어나는 조향 장치(操向裝置)로 작용
하고 있다. 욕심과 성급함이 이 시대를 살아가는 많은

사람들 간의 소통을 거세시키는 원인으로 비롯된다는
사실 또한 암시하고 있으며, 주어진 현실 속의 삶에 만
족할 줄 아는 미학적 자세를 확인할 수 있다.

　시인은 혼탁한 세상 속에서 자아(自我)가 상실된 문화
적 이기현상을 바라보게 된다. 시인은 혁명가이다. 이를
바로 잡기 위해 스스로를 실험 대상으로 삼고 있다. 내
안에 존재하는 수많은 ‘나’를 되찾으려는 작업이 선행
되고 있는 셈이다.

혹자들은 詩를 쓸 때
굳이 ‘나’라는 단어를 쓰지 말아라하네
그러나 나는 생각하네
‘내’가 빠진 것이 무슨 詩냐고
잘 아는 것
눈에 보이는 것
순수를 진솔하게 그려야 한다면서
나만큼 나를 잘 아는 것 어디 있다고
날마다 마주치는 내 안의 나를
넣지 말라 하는지
대체 詩에 대한 생각은
누가 정의하는 것인가
오늘도 다듬어지지 않은 詩 세계에서
허우적거리다
결국 어설픈 시인의 옷을 입은 채
반가운 나를 만나 손을 잡다

- 「나에 대하여」 전문

시인으로서 자기반성은 반드시 거쳐야할 통과의례(通過儀禮)의 관문이다. 스스로 우려내는 많은 사유(思惟)의 산물들이 모여, 결국 거대한 담론(談論) 수준의 철학이 탄생하게 되는 것이다.

세상은 '빨리빨리'문화와 자기중심주의에 물들어 있다. 그러나 어쩔 수 없는 사회적 현상 아닌가?

그럼에도 시인은 이를 과감히 지적하며 극복하려는 강한 메시지를 보내고 있다. 도심 속에서 뉴 클래식 서정시를 연주하고 있는 것이다.

최기종_(崔基鍾)

- 강원 고성 인정리 출생
- 오호초교(41회), 동광중(22회), 속초고(22회)

현직
- 시인 · 수필가
- 경영학 박사
- 대통령소속 지방분권촉진위원회 실무위원
  지방이양대상 사무발굴 T/F팀
- 경복대학 관광학부 정교수 / 관광교육원장
- 강원미래관광포럼 회장

등단
- 월간 「문학세계」 시 등단
- 월간 「스토리문학」 수필 등단

최종 학력
- 세종대학교 대학원 호텔관광경영학과 졸업 / 관광경영학 전공

위촉
- (전)행정자치부 지방행정 혁신평가단 위원
- (전)산업자원부 기술표준원 관광서비스부회 전문위원
- (현)경기 포천시 정책위원 / 민간외교관

문학활동
- (현)한국예총 포천시지부 예술문화정책 자문위원
- (현)세계문인협회 한국본부 포천지부장
- (현)한 · 일 아쉬람사진작가회 회장
- (현)사랑방시낭송회 상임시인

시 · 수필집
「마실」,「어머니와 인절미」

저서
「세계여행문화탐방」,「투어컨덕터」,「매너와 이미지메이킹」
「항공기초실무」,「한국의 관광자원」 외 40여 권

E-mail_kjchoi@kyungbok.ac.kr
http ://cafe.daum.net/steeple
C.P_010-3882-5032

고향을 가슴으로 찬미하며 엮은 이 책을, 하늘계신 그리운
어머니와 시인으로 다시 태어나게 한 아름다운 강원도
내 고향에 바친다.

어머니와 인절미

2009년 8월 5일 초판 1쇄 인쇄
2010년 1월 20일 초판 2쇄 발행

저   자 | 최기종
발행인 | 진성원
발행처 | 경덕출판사
등   록 | 2003. 9. 23 제 6-517
주   소 | 서울시 성북구 정릉 3동 653-40
전   화 | 02)909-2348, 912-0856
팩   스 | 02)912-4438
e-mail | bookkd@naver.com

ISBN 978-89-91197-68-8 03810

값 10,000원